制作只属于你的童话书

小王子

（法）安托万·德·圣-埃克苏佩里 著
（韩）李浩石 绘
梁少杰 译

化学工业出版社

·北京·

아름다운 고전 컬러링북1 - 어린왕자 컬러링북

Copyright © 2015 by Lee Ho Seok
All rights reserved.
Simplified Chinese copyright © 2022 by Beijing ERC Media,Inc.
This Simplified Chinese edition was published by arrangement with Booklogcompany Through Agency Liang.

本书中文简体字版由Booklogcompany授权化学工业出版社独家出版发行。
本版仅在中国内地（大陆）销售，不得销往其他国家或地区。未经许可，不得以任何方式复制或抄袭本书的任何部分，违者必究。
北京市版权局著作权合同登记号：01-2019-5000

图书在版编目（CIP）数据

制作只属于你的童话书.小王子/（法）安托万・德・圣－埃克苏佩里著；（韩）李浩石绘；梁少杰译.—北京：化学工业出版社，2022.2

ISBN 978-7-122-34927-9

Ⅰ.①制… Ⅱ.①安…②李…③梁… Ⅲ.①童话-世界-现代 Ⅳ.①I18

中国版本图书馆CIP数据核字（2019）第201769号

责任编辑：罗　琨　　　　　　　　　　装帧设计：尹琳琳
责任校对：王　静

出版发行：化学工业出版社（北京市东城区青年湖南街13号　邮政编码100011）
印　　装：凯德印刷(天津)有限公司
710mm×1000mm　1/16　印张 8½　字数72千字　2022年9月北京第1版第1次印刷

购书咨询：010-64518888　　　　　　　售后服务：010-64518899
网　　址：http://www.cip.com.cn
凡购买本书，如有缺损质量问题，本社销售中心负责调换。

定　价：48.00元　　　　　　　　　　　　　　　版权所有　违者必究

填色童话书,再现经典

有些故事,人们对它的喜爱跨越了时代的阻碍,我们称之为经典。它们美妙、深奥,刺激我们的想象力,令我们每次阅读都会有新的收获。

《制作只属于你的童话书》正是挑选了这些广受大众喜爱的经典作品,并配以新颖而富有趣味性的插图,使读者们可以亲手为童话世界上色。

准备好彩色铅笔、蜡笔或彩色水笔,尽情发挥你的想象力和创造力,为插画填色吧!

这将会是一本由你亲手完成的、世上独一无二的经典童话书!

小王子应该是搭乘铁鸟离开星球的。

献给莱翁·维尔特

首先请小朋友们原谅,因为我得把这本书献给一个叫莱翁·维尔特的大人。我有一个重要的理由:他是我在这个世界上最要好的朋友。我还有另外一个理由:这个大人什么都能看懂,甚至写给孩子们的书他都能看懂。我的第三个理由是:他住在法国,正在挨饿受冻,因此很需要安慰。如果说这些理由都不充分的话,我愿把这本书献给曾是个孩子的他。所有的大人都曾经是个孩子,虽然他们中记得这一点的人并不多。因此,我把献词改为:

献给孩童时代的
莱翁·维尔特

1

  在我六岁的时候,曾看过一本描写原始森林的书,名叫《真实的故事》,在书中我看到过一幅非常精彩的插画。画上是一条大蟒蛇想要吞食它的猎物。上面的画就是根据那幅画画出来的。

  那本书里写着:"大蟒蛇缠住它的猎物并不加咀嚼地全部吞下,之后它就一动不动了,因为它要在长长的六个月的睡眠中消化那些食物。"

  那时的我对森林中的冒险充满了幻想,然后就用彩色铅笔成功地画出了人生中的第一幅画。这是我的一号作品。就跟下面的这幅

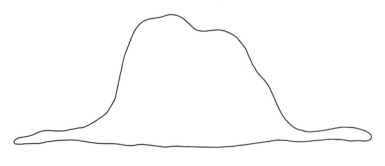

画一样。

我拿着我的杰作给大人们看,问他们我的画吓不吓人。

但是他们却回答说:"吓人?一顶帽子怎么会吓人呢?"

但我画的不是帽子,是一条正在消化大象的蟒蛇。于是,为了让他们看懂我的画,我就把蟒蛇肚子里的大象也画了出来。大人们总是需要解释才能看懂。我的二号作品是这样的:

而这一次,大人们让我把这些不管是看得到肚子里的,还是看不到肚子里的蟒蛇的画全都放到一边,劝我把兴趣放在地理、历史、数

学或者是语法上面。

就这样，我在六岁的小小年纪就被迫放弃了画家这么美好的职业。一号作品和二号作品的失败让我特别心灰意冷。因为大人们靠自己什么也弄不懂，所以我不得不向他们解释。这可真让我们这些小孩儿感到疲惫。

结果，我选择了其他的职业，最终成了一名飞行员。世界各地我差不多都飞到过。实际上，地理帮了我不少的忙。我一眼就能分辨出哪儿是中国的什么地方，哪儿是美国亚利桑那州。要知道如果在夜里迷了路，这可是很有用的知识呢。

就这样，我在一生中遇到了无数个做"要紧事"的人。我在他们中间生活了很久，也近距离观察了他们。可几次三番观察下来，我对大人的看法并没有发生很大的变化。

要是碰上一个看起来很聪明的人，我就会拿出随身携带的一号作品给他看。我想知道，他是不是能真正看懂我所画的东西。但是不管是谁，都总是回答"这是帽子"。于是，我就不和他谈巨蟒啊、原始森林啊或者星星之类的事，而是迎合他的品位，谈些牌啊、高尔夫球啊、政治啊、领带啊，如此这般。于是，大人们也会为能认识我这样一个合得来的人而感到十分高兴。

2

所以，我连个真正聊得来的人都没有，只得一个人孤零零地生活着。直到六年前在撒哈拉沙漠，我的飞机出了故障，好像是发动机出了问题，因为没有修理师，也没有乘客，我只能试着自己来修，这次修理对我来说可是生死攸关的大问题，因为我带的水只勉强够喝8天了。

第一天晚上我就睡在距离人烟千里之外的茫茫沙漠中，这可比撑着小木筏在茫茫大海漂流的船员还要孤独，所以你可以想象，当第二天太阳升起，一个奇怪的小声音把我叫醒的时候，我是多么吃惊。那个声音这样说道：

"那个……你能给我画一只绵羊吗？"

"什么？"

"请给我画一只绵羊吧！"

我就像是遭到了雷击一般，一下子就站了起来。我使劲儿揉了揉眼睛，小心翼翼地朝四周看了看，发现了一个长相奇怪的小男孩儿正

非常严肃地看着我。前面的那幅画是后来我给他画的最好的一幅画像。实际上画中的他比起本人要逊色得多，不过那并不是我的错。因为在我六岁的时候，大人们使我遭受挫折，失去了追求画家梦想的勇气，所以，我除了画过看得到肚子里和看不到肚子里的蟒蛇外，再也没有画过其他的画了。

总之，我惊奇地睁大眼睛，看着眼前这突然出现的小家伙。别忘了，我现在可是在距离人烟千里之外的茫茫沙漠啊。但是，那个小孩儿看上去既不像迷了路，又不是很疲惫、肚子很饿或口很渴，更不像是经历了什么恐怖的事情。简而言之，他一点儿也不像是一个在旷无人烟的大沙漠中迷了路的孩子。终于，我从惊讶中缓过神来，问他：

"但是……你在这儿做什么？"

听到我的话，他好像有什么重要的事情一样，又小心翼翼地说了一遍：

"求求你了……给我画一只绵羊吧！"

当你遇到不可思议的事情时，你是不敢抵抗的。在这千里之外渺无人烟的沙漠里，在不知道什么时候会死去的情况下，他居然让我画画，这虽然让我觉得很荒诞，但我还是把手伸进口袋，掏出了纸和钢笔。可这时我又立刻想起，我所学的东西只有地理、历史、数学和语法，

于是有点儿不高兴的我就对他说我不会画画。虽然如此,但那个小孩儿却回答说:

"没关系的,给我画只绵羊吧!"

可是我连一只羊都没画过呢。所以我从我会画的仅有的两幅画中选了一幅给他,就是那幅画了看不到肚子里大象的蟒蛇的画。但是那个小孩儿看完后说出的话让我大吃一惊,就像是被人打了后脑勺一样。他说:

"不不不!我要你画的不是吞掉大象的蟒蛇!蟒蛇太危险了,大象又太占地方了,我住的地方非常小,所以我需要一只羊,给我画一只绵羊吧。"

没办法了,我只能给他画了只羊。

那个小孩儿专心地看着,然后又说:

"不对不对!这只羊是已经得了病的羊。给我再画一只羊吧!"

于是我又给他画了一只羊,看罢他善意地笑了笑,说:

"你看……你画的不是绵羊,而是山羊,它头上还有角呢!"

所以我又画了一幅。

但是和之前一样，他还是拒绝了：

"这只羊太老了，我需要一只能活得长久的羊。"

因为急着修理发动机，我有点儿不耐烦了，就草草画了下面这张画给他，并匆匆对他说：

"这是箱子，你想要的羊就在里面。"

这时，我吃惊地看到，我的这位"小审判员"变得喜笑颜开了。他说：

"对！就是这个！我想要的羊就是这个啊！但是这只羊会吃很多草吗？"

"怎么了？"

"因为我住的地方太小了……"

"应该不要紧的，我画的可是一只小羊呢！"

小孩儿低下头凑近这幅画，说：

"并不像你说的那么小……瞧！它睡着了……"

就这样，我和小王子认识了。

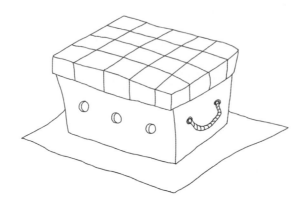

3

  我花了好长时间才知道小王子从哪里来。小王子向我提出了好多问题，可对于我的提问，他却像是压根儿没听见似的。不过我还是从他偶尔吐露的话语中，慢慢得知了他的所有情况。比如，小王子第一次看到我的飞机的时候（我画不出我的飞机，那对我来说有点儿难），他问我：

  "那是什么玩意儿？"

  "那可不是什么简单的玩意儿。它能飞，人称'飞机'，这是我的飞机。"

  我很骄傲地告诉他我能飞，但是听了我的话他惊叫了起来：

  "天哪！这么说你是从天上掉下来的？"

  "嗯。"我谦逊地答道。

  "哇！那可真是有趣啊！"

  接着他爆发出一阵银铃般的笑声，但那却使我非常恼火，因为我希望人们能严肃对待我的不幸。小王子又问道：

"叔叔你也是从天上来的吗？你是从哪个星球上来的啊？"

就在这时，对于他是从哪里来的这个神秘的问题，我隐约地发现了一点儿线索，所以就赶紧追问他：

"所以说，你也是从其他星球上来的吗？"

可小王子却没有回答我的问题，他一面看着我的飞机，一面微微点头，接着说道：

"可不是，乘坐这么个玩意儿，也不可能是从很远的地方来的……"

说到这里，他陷入了久久的沉思之中。之后，他从口袋里拿出我给他画的那幅画，看着他的宝贝入了神。

当我得知小王子是从"其他星球"来的这个秘密之后，我对他的一切便开始产生好奇，我想即使我不说你们也应该知道原因。所以，我竭力想知道更多的秘密。于是我问他：

"我的小家伙，你是从哪里来的？你所说的'我住的地方'到底在什么地方啊？你要把我给你画的小羊带到哪里去？"

他沉思了一会儿，回答说：

"还好有你给我画的箱子，晚上我可以把它当作小羊的房子。"

"当然啦，如果你表现得好的话，我就再给你画一根绳子和一根木桩，这样你白天可以把它拴在木桩上。"

但是我的提议好像让小王子有点儿吃惊：

"把羊拴住？那可真是奇怪的想法啊！"

"可是你如果不把它拴住，它就会到处乱跑啊，说不定哪一天就跑丢了……"

我的朋友又咯咯地笑了起来：

"你叫小羊往哪里跑啊？"

"任何地方都有可能啊，比如将来它可能会一直往前跑……"

这时，小王子一本正经地回答说：

"没事的，因为我住的地方真的挺小的！"

之后他又带着悲伤的表情补充说：

"就算它一直往前跑，也跑不远啊……"

4

听他这么一说，我又得知了另外一件重要的事情：小王子所在的行星并不比一间房子大多少！

对我来说，那并不是什么特别值得惊讶的事情。因为我知道，除了地球、木星、火星、金星等被人们起了名字的大行星以外，还有成百上千的小行星，它们中有一些因为太小了，就连用望远镜也很难看到。所以对天文学家们来说，如果发现了其中的一颗，他们不会给它起名字，而是加个编号，比如把它称为"3251号小行星"。

我有充分的理由相信，小王子来自一颗名为B612的小行星。此前，那颗小行星只被土耳其的一位天文学家用望远镜观测到一次。

当时他在一次国际天文学大会上对其发现提出了重要论证。但由于他身着土耳其民族服饰，所以谁也不相信他说的话。看看，所谓的大人们就是那样子的人啊。

幸运的是，有一位土耳其的统治者对国民下令说：如果不穿欧洲样式的服装的话，就会被处死。多亏他的命令，B612号小行星才能为

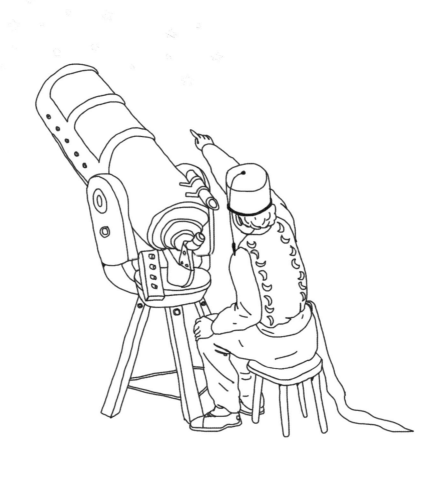

全世界所知。1920年，那位天文学家穿上了优雅的西服，再一次论证了自己的发现，这一次所有人都相信他的话了。

我之所以仔仔细细地向你们介绍B612号小行星，甚至连它的编号都告诉了你们，都是由于大人们的缘故，因为大人们就喜欢这些数字。举个例子，如果你新交了朋友，那么关于你的那位朋友，他们一点儿也不会问重要的事情，比如"你的朋友的声音怎么样啊？""他喜欢什么样的游戏啊？""他也喜欢收集蝴蝶么？"之类的。相反，他们总是问"他几岁了啊？""有几个兄弟姐妹？""体重是多少？""他的爸爸挣钱多么？"这样的问题。因为大人们总是认为，只有得到了那些问题的答案之后，他们才算真正了解了你的新朋友。如果你对大人们说："我看到了一所漂亮的房子，它有着玫瑰一样的红色砖墙，阳台上放着种了天竺葵的花盆，房顶上落着成群的鸽子。"他们通常想象不出这所房子有多么漂亮。但如果你对他们说："我看到了一栋价值10万法郎的房子。"那么他们通常会惊呼："那该是多么好的房子啊！"

所以，如果你对大人们说："小王子是存在的，证据就是他总是笑着，特别招人喜爱，他还说想要一只绵羊呢！因为如果一个人想要一只绵羊，这就足以证明他是存在于这个世界上的。"那么他们肯定会耸耸肩膀，只当你还是个孩子！但是如果你说："小王子来自 B612 号小行星。"他们肯定会点点头，不会再问其他乱七八糟的问题来烦你了。所谓的大人本来就是那样，所以就算讨厌他们也没什么用。小孩子就应该经常原谅大人才是。

但是，真正懂得生活的我们，才不会把数字之类的放在眼里呢！我真的很想像讲童话那样开始讲这个故事，我真想这么说：

"很久很久以前，有一个小王子，他住在一个只比自己稍微大一点儿的小行星上，他希望有一个朋友……"对于那些懂得生活的人来说，这样的开场会让他们觉得更加真实。

提起这段回忆，对我来说

是很令人心酸的。自从我的朋友带着他的绵羊离开，已经过去六年了。我之所以要在这儿尽力把他描绘出来，就是为了让自己不要忘记他。忘记朋友是一件很令人伤心的事。而且并不是每个人都有过这样一个朋友的。再说，忘记了小王子，我很可能变得和那些大人们一样，只对数字感兴趣。所以我又重新买了水彩和铅笔。可是，我只是在六岁时尝试着画过看得到肚子里和看不到肚子里的蟒蛇，以后再没有画过别的东西，所以到了如今这样的年纪，再想重新拿起笔来画画，可真不是一件容易的事啊！当然，我会尽最大努力，把小王子尽可能画得逼真，但我真的没有画好的自信。有时这一张画得还可以，但另一张就一点儿也不像了。有时甚至连个头都有点儿不一样，比如这张画得个子很高，另外一张又画得很矮。而且，小王子穿的什么颜色的衣服我也记不太清了。所以我只能摸索着画，可能还会把某些特别重要的部分画错。在这一点上，大家得多多原谅我才是。因为我的朋友从来没仔细地跟我解释过什么，他大概觉得我跟他是一样的。可是，很遗憾，我没能看到箱子里面的绵羊。也许我也有点儿像大人了，我一定是变老了。

5

每天，我都会了解一些他的情况，或是关于他住的那个星球，或是关于他的出走，或是关于他的旅程。这些都是从他无意间透露的信息中一点点得知的。比如说在第三天，我就是通过那样的方式，知道了猴面包树的悲剧。

这一次也是多亏了那只绵羊。小王子突然忧心忡忡地问我：

"绵羊真的会吃灌木吗？"

"是的，那是真的。"

"啊！那我就放心了。"

我不明白，绵羊吃灌木这种事为什么那么重要。但是小王子又继续问道：

"这么说，他们也吃猴面包树咯？"

我告诉小王子，猴面包树可不是什么灌木，它们可是像教堂那么高大的树木，即使是领来一群大象，也够不到树顶呢！

一群大象的说法可把小王子逗乐了：

"那得让它们叠罗汉了……"

之后他又聪明地补充道：

"猴面包树在长高以前，也是很小的树啊。"

"那当然！可你为什么说绵羊应该去吃小猴面包树呢？"我说道。

小王子问道："咦！你连那个都不知道么？"就好像这是理所当然的事情一样。可是我自己要弄懂这个问题，还得费很多脑筋。

和别的星球一样，小王子的星球上的植物也有好有坏。结果呢，好的植物结好的种子，坏的植物结坏的种子。但是，种子是看不见的，它们都悄悄地睡在地底下的某个地方。直到突然有一天，其中的一颗种子想要从睡梦中醒来。它伸伸懒腰，从地底下探出头来，羞涩地向着太阳伸出可爱的嫩苗。如果那是萝卜或者玫瑰的幼苗，就不用管它，让它爱怎么长就怎么长；但如果那是坏的植物的话，只要一认出它就得把它拔掉。在小王子的星球上，有一种很可怕的种子，那就是猴面包树的种子。在那个星球上，猴面包树长得很快，一旦错过了拔除它嫩芽的时机，就永远没办法再拔掉了。如果是那样的话，猴面包树就会占领整个星球，它的根则会在星球里钻来钻去，四处蔓延。要是行星太小，而猴面包树太多的话，星球会被撑爆，最终七零八落地变成碎片。

后来小王子对我说：

"这是生活习惯的问题。早晨，在起床梳洗打扮之后，我们就应该给植物也仔仔细细地梳洗一番。因为小时候的猴面包树跟玫瑰是很像的，所以你要经常观察，如果觉得它和玫瑰不一样的话，就得赶紧把它拔掉。虽然这个工作很令人厌烦，但也不是什么困难的事。"

有一天，小王子劝我用心画一幅猴面包树的画，好让地球上的孩子们都知道这回事。他说：

"如果孩子们哪一天要是出门旅行，这会对他们有很大的帮助。有些事往后推一推也没事儿，但是如果把除掉猴面包树这样的事往后推的话，就会出大事的。我知道有个星球上住着一个懒鬼，有三株猴面包树的嫩苗他放着没管……"

所以，按照小王子的说明，我画出了那颗星球。我一向不喜欢说教，可人们对猴面包树的危害了解得是如此之少，它对在小行星上迷路的人的威胁又是如此之大，所以这一次我破例想要仔细说教一番。我说："孩子们！要当心猴面包树啊！"这幅画我画得格外卖力，就是为了提醒朋友们这种树的危险，他们也像我一样，对猴面包树这种长期潜伏在身边的危险一点儿也不知晓。因为我提出的这些忠告有重大的意义，所以多在这幅画上花些工夫是很值得的。你们也许要问：为什么在这本书里，别的画都不如这幅画壮观呢？回答很简单：别的图画，

我也曾试图把它们画好的，却未能成功。而当我画猴面包树的时候，有一种紧迫感在激励着我。